Bossgirl

The Fixers #2

Written by Andrew Killeen
Illustrated by Damil Nunez Reyes

**A StrongReader™ Chapter Book
brought to you by Readeezy & Noah Text®**

© Noah Text, LLC

This visual presentation of *Bossgirl,* in which the text is rendered in Noah Text® – a specialized scaffolded text designed to help new readers, struggling readers, readers with dyslexia, and ESL/ELL individuals – is copyrighted material.

No part of this version of *Bossgirl* may be reproduced, stored in a retrieval system, or transmitted in any form or by any means – electronic, mechanical, photocopying, recording or otherwise – without the prior written permission of Noah Text, LLC.

StrongReader™ is a trademark of Noah Text, LLC.

Noah Text® is a patented methodology.

U.S. Patent No. 11,935,422

Copyright © 2021 Readeezy LLC. All Rights Reserved.

Paperback ISBN: 9781956944334

StrongReader™ Builder

The **StrongReader™ Builder** Chapter Books have been carefully selected and curated to meet the needs of all readers – and striving and struggling readers in particular – by providing superior text accessibility. StrongReader™ Builder books are rendered in **Noah Text®, a proprietary evidence-based methodology for displaying text that increases reading skill.**

Grounded in the science of reading, Noah Text® is a specialized scaffolded text that shows **syllable patterns** within words by highlighting them with bold and unbold and marking **long vowels** (vowels that "say their own names"). Here are some examples:

By showing readers the structure of words, Noah Text® enhances reading skills, freeing up cognitive resources that readers can devote to comprehension. Noah Text® simulates simpler writing systems (e.g., Finland's) in which learning to read is easier due to visible, predictable word patterns. As a result, Noah Text® increases reading fluency, stamina, accuracy, and confidence while building skills that transfer to plain text reading.

Highly recommended by structured literacy specialists, Noah Text® is effective for developing, struggling, and dyslexic readers and for English-language learners. Noah Text® enables resistant and struggling readers to advance their reading skills beyond basic proficiency so that they can tackle higher-level learning.

Readers find Noah Text® intuitive and easy to use, requiring little to no instruction to get started. A sound key that further explains how Noah Text® works can be found at the back of this book.

For further information on Noah Text® and its StrongReader™ Builder products, please visit www.noahtext.com.

Dear Parents, Educators, and Striving English-Language Readers,

As individuals develop the ability to read beyond the elementary level, their challenge is to build on a basic awareness of how patterns of letters stand for sounds and how those sounds come together to make words. Readers who learn the letter patterns in one-syllable words are poised to recognize them in longer, multisyllable words.

For struggling readers, however, long words can appear to be a sea of individual letters whose syllable sub-divisions are hard to discern. The StrongReader™ series from Noah Text® highlights where syllable breaks occur, while also signaling long vowels -- those that "say their own names." These visual cues help struggling readers decode words more easily and read more fluently and accurately.

Now, with StrongReader™ Chapter Books, all individuals can learn to read with less effort, empowering them to experience enriching literature and enlightening informational texts.

Miriam Cherkes-Julkowski, Ph.D.
Professor, Educational Psychology (retired)
Educational Diagnostician and Consultant

Bossgirl

The Fixers #2

Written by Andrew Killeen
Illustrated by Damil Nunez Reyes

**A StrongReader™ Chapter Book
brought to you by Readeezy & Noah Text®**

CONTENTS

Chapter One   1

Chapter Two   23

Chapter Thr_ee_   39

Chapter Four   55

Chapter F_i_ve   71

Sound K_e_y   86

CHAPTER ONE

Rober**to** was **wait**ing **un**der the **street**light.

"Are yo**u** **read**y?" **Jaz**min said.

Rober**to nod**ded, and turned a **lit**tle to sh**o**w her the **heav**y **back**pack h**e** was **ca**rry**ing**.

"Where's the rest of the gang?" h**e** asked.

"They're **al**read**y** there," **Jaz**min said. "W**e**'d **bet**ter get **go**ing, or they'll start **with**out us."

BOSSGIRL

CHAPTER ONE

The **oth**er **Fix**ers were **wait**ing for them, **out**side the a**ban**doned **build**ing.

"You're late," **Ma**kayla said.

Jazmin made a face.

"Gramps was **act**ing up **a**gain. **Sor**ry."

"It's all right, Jaz," **Con**nor said. "Is Gramps **O**K now?"

"Yeah, I **man**aged to get him to bed."

"So," Sage said **bright**ly, "now that our **Boss**girl is here, shall we do what we came to do?"

"Hey, I've told you not to call me that," **Jaz**min said. "No **nick**names in the **Fix**ers. We use each **oth**er's real names."

"What's wrong with it?" Sage said. "You're our boss, and you're a girl…"

The **oth**ers laughed. But **Jaz**min was **se**ri**ous**.

"**E**ven if it's meant as a **com**pli**ment**, a **nick**n**a**me pins yo**u** down. What if **some**d**ay** **I** d**o**n't want to b**e** the boss **an**y more?"

"If yo**u**'re not the boss," **Ma**k**ay**la said, "yo**u** d**o**n't get to tell us what w**e** can s**ay**."

Jazmin st**a**red at her. Then sh**e** saw the **mis**chief in **Ma**k**ay**la's eyes, and laughed.

"All r**i**ght. **I**'ll b**e** the boss. Let's get on with it."

BOSSGIRL

CHAPTER ONE

She pushed open the door.

It was dark inside the building, and smelled nasty. A tall figure loomed out of the shadows.

"Out! Get out of here!—Oh, it's you. Hi."

One of the homeless people who had been living in the building recognized Jazmin.

"Hi, Andre," Jazmin said. "Why are you sitting in the dark?"

"The electricity went out again," Andre said.

BOSSGIRL

CHAPTER ONE

A **flash**light flicked on **near**by. Sage was **ex**am**in**ing the **cir**cuit **break**er box.

"Ha, thought so," she said.

The lights came on.

"The **cir**cuit just tripped," Sage said. "Come **o**ver here, **An**dre. Let me show you. It's **some**thing you guys can fix **your**selves."

Andre **shuf**fled **o**ver to her and stood **meek**ly for his **les**son. It made **Jaz**min laugh, since he was **a**bout two feet **tall**er than Sage, and **thir**ty—**for**ty?—years **old**er.

BOSSGIRL

CHAPTER ONE

Jaz looked round the room. There were five men and **wom**en **ly**ing on the floor in **sleep**ing bags.

"Where's **Shel**ley?" she asked.

"She got picked up by the cops," **An**dre said.

"At least she'll be warm and safe **to**night," **Con**nor said.

One of the **wom**en got up. **E**ven **in**side the **sleep**ing bag she had been **wear**ing a long, **grub**by coat and scarf.

"Have you brought **an**y food?" she asked.

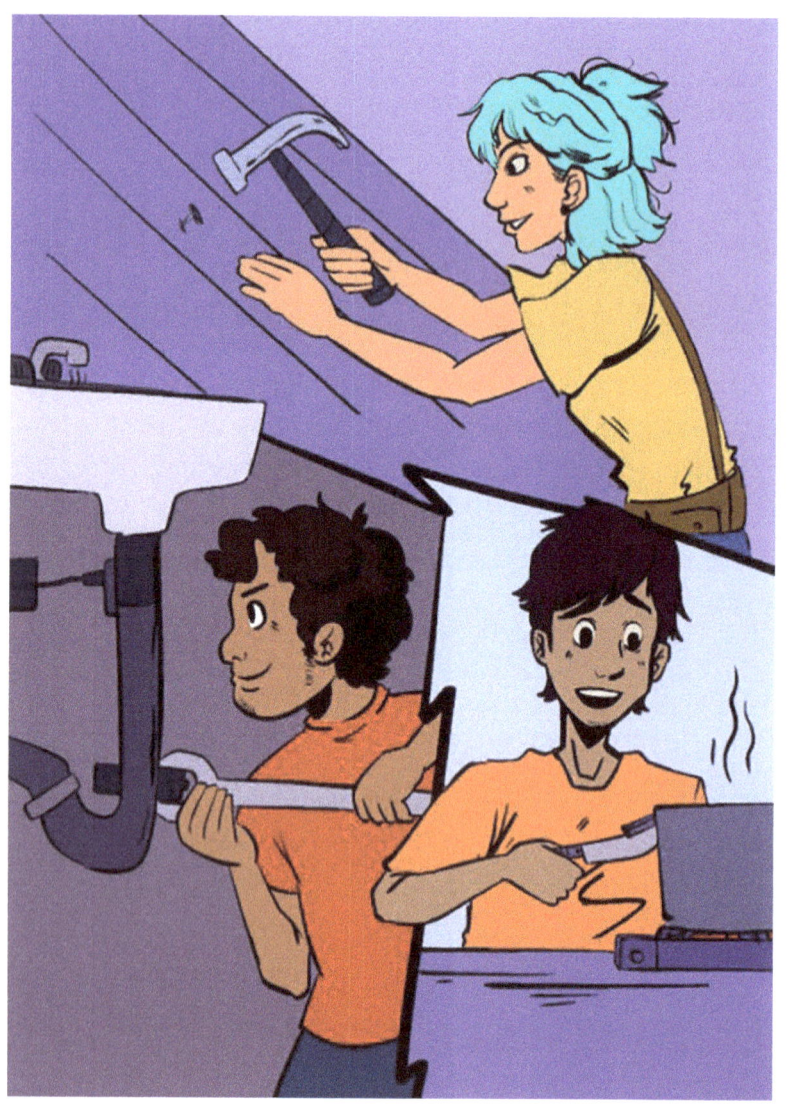

CHAPTER ONE

Rober**to** h**e**aved the **back**pack off his back and set it on the ground. H**e started tak**ing out cans of so**u**p and l**oa**ves of bread.

"**Con**nor, can yo**u** get the **port**able st**o**ve?" **Jaz**min asked. "Yo**u**'re **go**ing to b**e** cook **to**d**a**y. **Ro**ber**to**, **I** n**ee**d yo**u** to have a look at the **wa**ter **clos**et. It stinks in h**e**re **a**gain."

"There's a l**ea**k in the roof **o**ver there," **An**dre said.

"**O**K," **Jaz**min said, "**I**'ll s**ee** what **I** can do."

Jazmin was **ap**pren**ticed** to a **car**pen**ter**, **work**ing for him while sh**e** learned her tr**a**de. Sh**e** soon found the h**o**le and stopped it up with **seal**ant.

"That will k**ee**p yo**u** dry for now," sh**e** said. "How's the **bath**room, **Ro**ber**to**?"

BOSSGIRL

CHAPTER ONE

Each of the **Fix**ers had their own set of skills. **Ro**ber**to** was **train**ing to be a **plumb**er, Sage an **e**lectrician, and **Ma**kayla was ap**prenticed** to a **paint**er. **Con**nor's skills as a **mo**tor **me**chanic weren't much use here, so he **heat**ed soup on the stove and **hand**ed out **steam**ing bowls.

The room soon filled with warmth and **chat**ter. **Jaz**min was glad to see her **home**less friends **re**lax**ing**, **be**gin**ning** to feel safe. Then a voice broke in:

BOSSGIRL

CHAPTER ONE

"What are you bums **do**ing on my **prop**erty?"

A **stra**nger was **stand**ing in the **door**way. His h**ai**r was slicked back and h**e** wore **sun**glass**es**, **e**ven **in**doors.

"Your **prop**erty?" **Jaz**min said. "N**o** one **o**wns this pl**a**ce. It's been **emp**ty for y**ea**rs."

"Well, I **o**wn it now," the man said. "My gre**a**t-aunt passed **a**w**ay**, and left it to m**e**. S**o** get out, or I'll call the cops."

Andre and the **oth**ers **start**ed **pick**ing up their **be**long**ings**, but **Jaz**min stopped them.

"W**ai**t a **mi**nute," sh**e** said. "Th**e**se **peo**ple have rights. Yo**u** can't just thr**o**w them on the str**ee**ts."

"R**i**ghts?" the man sn**ee**red. "They're **crim**inals. **Break**ing in h**e**re, **dam**aging my **prop**erty—"

S**a**ge **in**ter**rupt**ed.

"Hey **mis**ter!" said S**a**ge. "W**e**'ve fixed up your **prop**erty, m**e** and my friends. We **re**paired the roof, hung new doors, got **e**lec**tric**ity and w**a**ter **con**nect**ed**..."

The **stran**ger st**a**red at them, as th**ou**gh **see**ing the **teen**agers for the first t**i**me.

"Who are yo**u** **an**yw**ay**?" h**e** said. "Why do yo**u** c**a**re about th**e**se **ho**b**o**es?"

BOSSGIRL

CHAPTER ONE

"We're the **Fix**ers," **Jaz**min said. "This pl<u>a</u>ce was a wreck when w<u>e</u> found th<u>e</u>se **peo**ple **liv**ing h<u>e</u>re. Now they're warm and s<u>a</u>fe. Look, if yo<u>u</u>'re **go**ing to do **some**thing with this <u>o</u>ld **build**ing, gre<u>a</u>t, but n<u>o</u> one was **us**ing it, and they've been h<u>e</u>re for y<u>e</u>ars now. Just give us a **cou**ple of w<u>ee</u>ks to sort out **some**thing else for them, and then w<u>e</u>'ll cl<u>ea</u>n it up and hand it back to yo<u>u</u>, **bet**ter than **be**fore."

"Out, now, all of yo<u>u</u>," the man said. "Or <u>I</u> come back with the cops and yo<u>u</u> all g<u>o</u> to j<u>ai</u>l."

"Jaz, w<u>e</u> ought to g<u>o</u>," **An**dre said **nerv**ous**ly**.

"N<u>o</u> w<u>a</u>y," **Jaz**min said. "**Eve**ry**bod**y st<u>a</u>y where yo<u>u</u> are. Yo<u>u</u>'re **go**ing to b<u>e</u> f<u>i</u>ne, <u>I</u> **prom**ise."

The **stra**nger was **fu**ri**ous** and stomped off.

"Hey, <u>e</u>at up," **Jaz**min said. "Your food's **get**ting c<u>o</u>ld."

But **An**dre and his friends were tense **a**gain, their eyes full of f<u>ea</u>r.

BOSSGIRL

CHAPTER TWO

After an hour or so the police arrived with Mr. Snide.

"Hi, Officer Li," Jazmin said.

"Oh, hey Jaz," said Officer Li.

Snide frowned when he heard them greet each other like old friends.

"Mr. Snide here says you're trespassing on his property," Officer Li said.

"That's not right, officer," Jazmin said politely.
"Mr. Andre here and his friends are squatters, not trespassers, and we're their guests."

"They're housebreakers!" Mr. Snide complained.

"There was no door on this building," Jazmin said. "They just walked in. That's not housebreaking. Those doors? We put them there. Here are the keys to the locks."

BOSSGIRL

"She's right," **Of**fi**cer** Li said to Mr. Snide. "There's no crime here that I can **ar**rest **any**one for. You'll have to get a court **or**der to evict them and make them move."

"What if I get a gun **in**stead, and do it **my**self?" Mr. Snide snapped.

"Then I'll be **thr**owing you in jail **in**stead," **Of**fi**cer** Li said. "You know, if they've been here long enough, the court can say the **build**ing belongs to them."

"Don't **wor**ry," **Jaz**min said **quick**ly, "we don't want to take your **prop**erty. We're just **ask**ing you to be fair."

"I'll show you fair," Snide said, and left.

The **Fix**ers cheered, though **Of**fi**cer** Li looked **wor**ried.

"You be **care**ful," she said to **Jaz**min. "Don't get in **an**y **trou**ble."

"Don't **wor**ry," **Jaz**min said. "I know—"

CHAPTER TWO

Her ph**o**ne rang. Sh**e an**swered it, and heard a **trem**bling voice.

"**An**ni**e**? I n**ee**d y**ou**—I can't f**i**nd…"

"Gramps!" **Jaz**min said. Sh**e** turned to her friends. "I have to g**o**, right now."

"I'll dr**i**ve y**ou**," **Con**nor said.

Somet**i**mes **Jaz**min was **jeal**ous of **Con**nor's tr**a**de, **be**cause h**e** had fixed up his **o**wn car from a wreck. But sh**e** loved **work**ing with wood. Sh**e** loved the smell of it, the warmth, and the w**a**y sh**e** could **u**se it to m**a**ke **peo**ple s**a**fe and **com**fort**a**ble.

BOSSGIRL

CHAPTER TWO

They **did**n't sp**ea**k as they sped thro**ugh** the n**i**ght. **Jaz**min was too **wor**ri**e**d what might b**e** **hap**pen**ing** at h**o**me. But as they pulled up **out**s**i**de her block, **Con**nor said:

"Hey, Jaz."

"What?"

"S**ay** h**i** to your Gramps from m**e**."

Jazmin thought h**e** was **go**ing to s**ay** **some**thing else, but ch**a**nged his m**i**nd. Sh**e** **nod**ded and **hur**ri**e**d **in**s**i**de.

BOSSGIRL

CHAPTER TWO

As she turned the key in the lock, she could already hear Gramps crashing around in the kitchen.

"Annie?" he called out. "Annie, is that you?"

"It's Jazmin, Gramps," she said. "I'm your granddaughter, remember?"

He squinted at her, as if she was talking nonsense. She hated when he looked at her like that, like she was a stranger he'd never seen before.

"I... I can't find the keys to the boat," he said. He looked around the apartment in confusion. "I don't know where I am."

"We sold the boat, Gramps. It's not much use in the middle of the city. You moved here to look after me when Grandma passed away, remember? And now I'm looking after you."

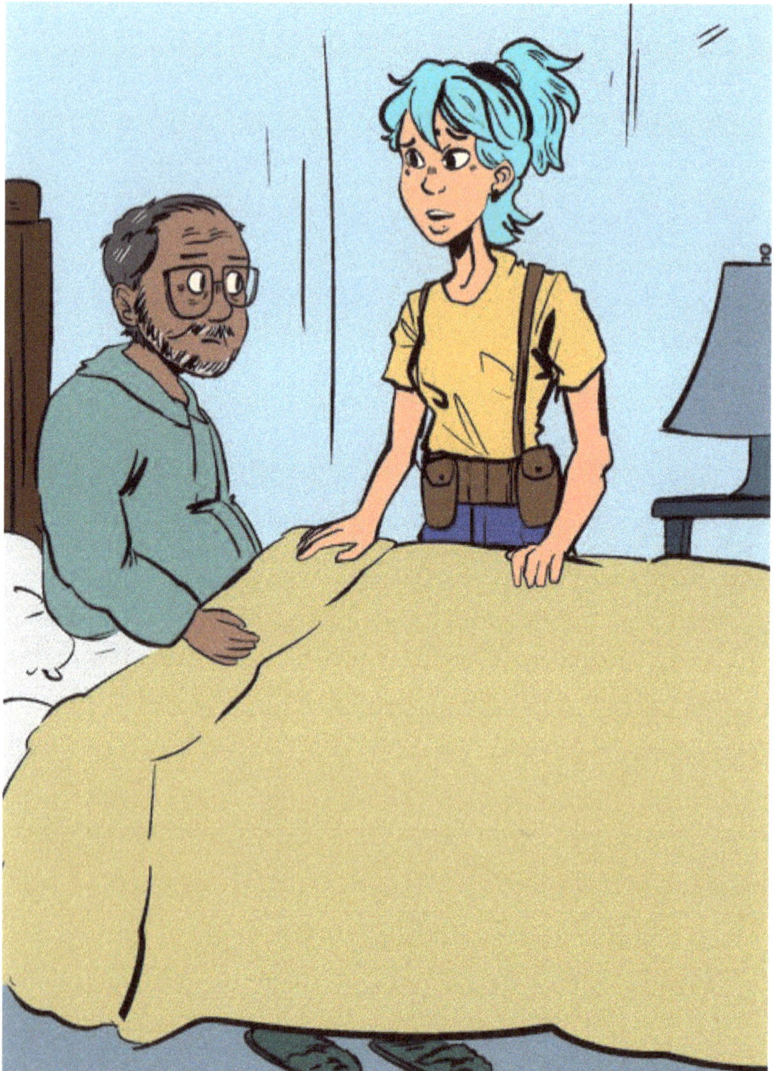

CHAPTER TWO

She **guid**ed him **gen**tly **to**wards his **bed**room and helped him **in**to bed.

"We s**o**ld the b**oa**t?" h**e** said.

"G**o** to sl**ee**p now, Gramps." Sh**e** str**o**ked his **fore**head. "It will all b**e O**K in the **morn**ing."

Sh**e** h**o**ped it would b**e O**K in the **morn**ing. Sh**e** **could**n't **af**ford **an**y more t**i**me off work to t**a**ke c**a**re of him.

BOSSGIRL

CHAPTER TWO

When she woke the next day **however**, she could smell **ba**con **fry**ing.

"**Morn**ing, Jaz," Gramps said as she joined him in the **kitch**en.

He grinned at her, and she sat down in **re**lief. Her Gramps was back...for the time **be**ing at least.

As they ate **break**fast, she told him about Mr. Snide and the **home**less **peo**ple. His eyes **glit**tered.

"That's my girl," he said. "Don't get mad, just get your own way."

BOSSGIRL

CHAPTER TWO

There was a knock at the door. They looked at **e**ach **oth**er.

"Is that your r**i**de to work?" Gramps said.

Jaz shook her head. Sh**e** was **wor**ri**e**d **a**gain.

Sh**e o**pened the door, to s**ee** a **chub**by man with **glass**es and a b**ea**rd. H**e** held up an **i**den**ti**ty card.

"Miss **Nad**er?" h**e** said. "**I**'m P**e**te Marsh from the **cit**y's **El**der C**a**re **de**part**ment**. Can **I** come in?"

"Errr... This **is**n't a good t**i**me," **Jaz**min said, **lean**ing **a**gainst the door. "**I** have to g**o** to work."

"Miss **Nad**er," the **chub**by man said, "**I** n**ee**d to sp**ea**k to your **grand**father. If **I** d**o**n't s**ee** him now, **I**'ll just k**ee**p **com**ing back **un**til **I** do."

BOSSGIRL

CHAPTER THREE

"Y**o**u want to s**ee** m**e**, young man? Well, h**e**re **I** am."

Gramps **ap**p**e**ared **be**hind her. Jaz was **nerv**ous, but his voice was strong and his eyes were sharp. Mr. Marsh sh**o**wed his card.

"Can **I** come in, Mr. **Nad**er?"

"N**o**, y**o**u **can**not," Gramps said. "This is our h**o**me. W**e** d**o**n't want **an**y**one nos**ing **a**round in our **busi**ness."

"**I** just n**ee**d to s**ee** that y**o**u're **O**K," Mr. Marsh said. "W**e** had a call from one of the **neigh**bors—"

"Who? **Which snoop**er called y**o**u? Was it that Mrs. **Mc**Sw**ee**n**ey**?"

BOSSGIRL

CHAPTER THREE

Gramps stepped **in**to the hall as th**ou**gh h**e** was **a**bout to start **bang**ing on the **neigh**bors' doors. Jaz was **re**li**e**ved to s**ee** h**e**'d **re**mem**bered** to put pants on.

"**I** can't tell y**ou** that, sir," Mr. Marsh said. "But they were just **wor**ri**e**d **a**bout yo**u**. They thought yo**u** were...**dis**tressed."

"**Dis**tressed? What does that m**ea**n?" Gramps snapped.

"They thought they heard yo**u cry**ing."

Gramps bit his lip and clenched his fists. Jaz thought of what h**e al**w**a**ys said:

"Men d**o**n't cry. Not men l**i**ke m**e**, **an**yw**ay**."

Then sh**e re**mem**bered** the n**i**ghts when h**e** would call out for his w**i**fe, who had passed **a**w**ay** ten y**ea**rs **a**g**o**, with t**ea**rs **stream**ing down his f**a**ce.

BOSSGIRL

CHAPTER THREE

"You **lis**ten to m**e**, young man," Gramps said. "M**e** and my girl, w**e** look **af**ter **e**ach **oth**er. W**e** do just f**i**ne. W**e** d**o**n't n**ee**d **an**y do-**good**ers or **bus**ybod**ie**s **tell**ing us how to live our l**i**ves."

"Of course," Mr. Marsh said. "I'll put that in my **re**port. Have a good d**a**y, sir."

H**e** **head**ed for the **eleva**tor.

"I've got to g**o**, Gramps." **Jaz**min grabbed her tool bag and kissed his ch**ee**k. "D**o**n't **an**swer the door till I come back. I'll b**e** h**o**me in t**i**me for *Close the D**ea**l*."

Gramps sm**i**led. *Cl**o**se the D**ea**l* was their **fa**vor**ite** TV sh**o**w, they had watched it **to**geth**er** since sh**e** was a **lit**tle girl.

"D**o**n't b**e** l**a**te then!"

"I w**o**n't."

BOSSGIRL

CHAPTER THREE

Jazmin **hur**ri_e_d **af**ter Mr. Marsh. Sh_e_ **want**ed to m_a_ke sure h_e_ was **re**a**lly leav**ing, and **was**n't **go**ing to sn_ea_k back once sh_e_'d gone. H_e_ held the **eleva**tor door **o**pen for her.

"What do yo_u_ do for work?" h_e_ asked, **look**ing at her tool bag.

"_I_'m **train**ing to b_e_ a **car**pen**ter**," sh_e_ said.

"Good for yo_u_." He s_ee_med **gen**_u_**ine**ly **im**pressed. "Miss **Nad**er, _I_ can s_ee_ your **grand**pa is a proud man. But **tak**ing c_a_re of **some**one can b_e_ tough on your _o_wn. If you n_ee_d help, that's what w_e_'re h_e_re for. T_a_ke my card."

H_e_ held out a small card with his n_a_me and **con**tact **de**t_a_ils. **Jaz**min took it, but said:

"W_e_'re good, thanks."

BOSSGIRL

CHAPTER THREE

She meant to throw the card away as soon as she was around the corner, but instead she shoved it in her pocket.

"You're late," Ms. Ba said, as Jazmin dashed into the workshop.

"I know, I'm sorry," Jazmin said. "My phone was out of battery, so the alarm didn't go off."

She didn't want to admit to the problems with Gramps. Ms. Ba folded her arms and stared at Jazmin.

"Listen girl, I like you. You'll be a fine carpenter one day, if you work hard. But this is a business, not a high school. Whatever's going on with you, you need to sort it out. Now get to it."

Jazmin found it hard to concentrate though. Between worrying about Gramps and thinking about Mr. Snide and her homeless friends, there wasn't much space left in her head.

BOSSGIRL

CHAPTER THREE

When work was **o**ver, sh**e** was **hur**ry**ing** h**o**me to m**a**ke sure Gramps was **O**K, when her ph**o**ne rang.

"Jaz? It's **Con**nor. **An**dre is in **trou**ble—Mr. Sn**i**de has been h**e**re—"

The ph**o**ne cut out. Jaz turned and ran.

Sh**e** called **Con**nor **sev**er**al** t**i**mes **a**long the w**a**y, but his ph**o**ne was dead. At the run-down **build**ing, sh**e** was **re**li**e**ved to s**ee** **Con**nor **stand**ing **out**s**i**de.

"Are y**ou** all r**i**ght?" sh**e** said.

Connor looked **sheep**ish. "My cell ran out of **bat**ter**y**," h**e** said. "**I** **did**n't m**ea**n to **wor**ry y**ou**, but **I** **could**n't call y**ou** back."

"What **a**bout **An**dre?"

"H**e**'s **in**s**i**de. They're all **pack**ing up."

"Why? What did Mr. Sn**i**de s**ay**?"

"H**e** said—"

BOSSGIRL

CHAPTER THREE

Andre **in**ter**rupt**ed.

"H**e** said if w**e** **did**n't get out by 6**p**m, h**e** was **com**ing with se**cu**ri**ty** guards and **base**ball bats."

Andre stood in the **door**w**ay**, his bag full and **read**y to g**o**.

"H**e** can't do that **An**dre," **Jaz**min said. "**Lis**ten, just st**ay** put. If yo**u** all l**ea**ve and h**e** t**a**kes back the **build**ing, yo**u** lose your r**i**ghts. **I**'ll call **Of**fic**er** L**i**."

"It's not worth it," **An**dre said. "W**e**'ll f**i**nd **some**where else."

"Yo**u**'ll end up on the str**ee**ts," **Jaz**min said, "then in **pris**on or the **hos**p**ital** or worse. Trust m**e**, **O**K?"

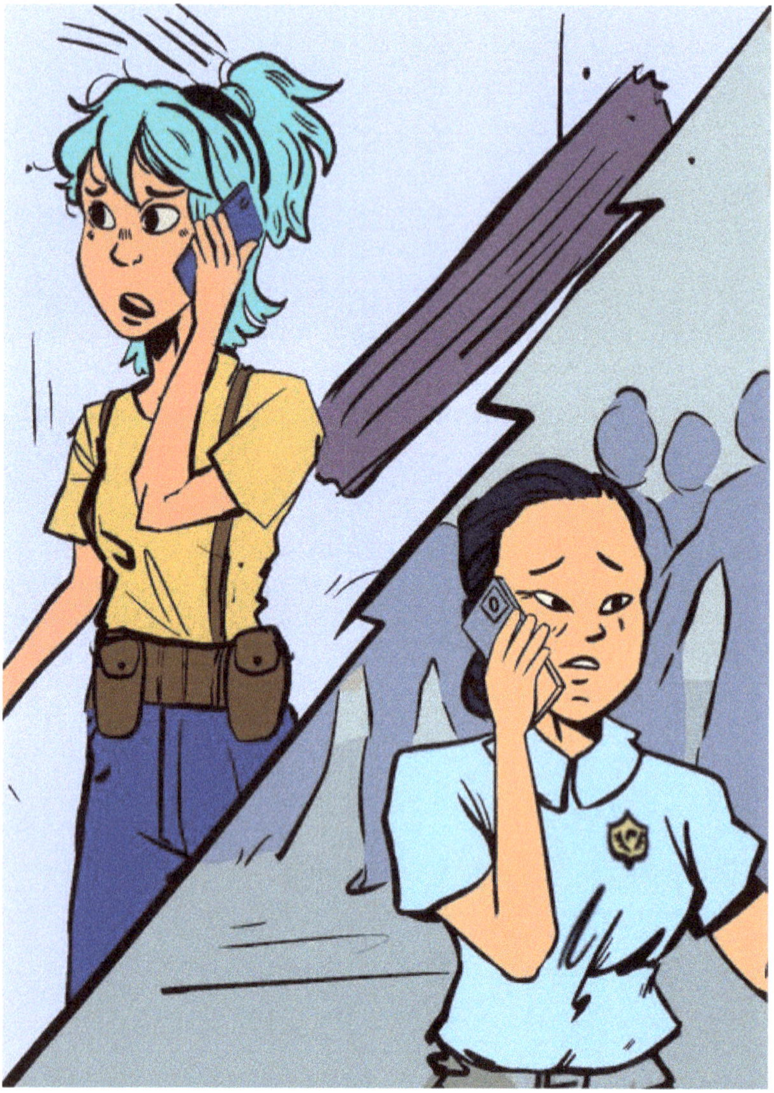

CHAPTER THREE

She phoned **Officer** Li and **ex**pl**ai**ned the **situa**tion.

"Yo**u**'re right **a**bout the law," she t**o**ld her. "But **I** can't **prom**ise we'll b**e** there for 6. There's a **ma**jor **in**cident **down**town. Yo**u** guys are **go**ing to have to h**o**ld on till we get there."

Jazmin checked the time. It was 5:30pm.

"**O**K, thanks," she said, and **end**ed the call.

"T**a**ke my cell," she t**o**ld **Con**nor, "call the **oth**ers. We n**ee**d to get to work."

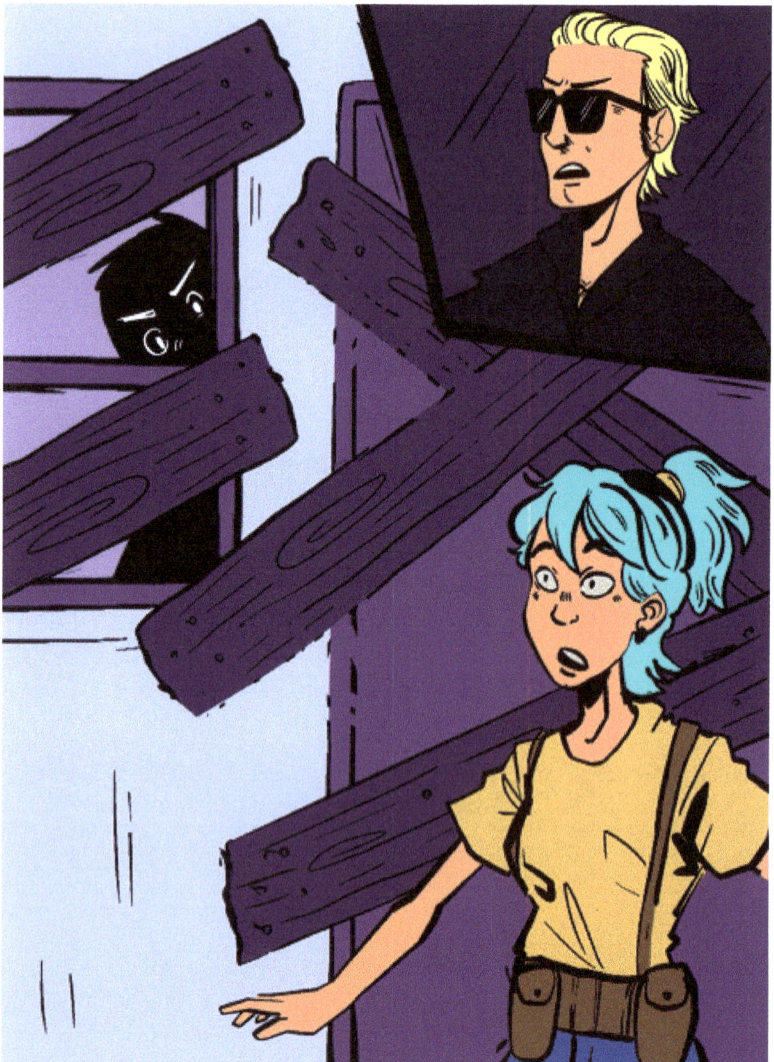

CHAPTER FOUR

Mr. Snide banged on the door.

"Open up! This is my property! Let me in!"

"Show me your eviction order, and we'll all go quietly," Jazmin called back.

"I don't need any court order," Mr. Snide said. "These boys are my authority."

She peered outside. Mr. Snide had brought three big men, armed with sticks and bats.

"The police are on their way," Jazmin said. "Get out of here now, and we won't press charges against you."

Mr. Snide laughed.

"It won't take us long to do what we need to do," he said. "Boys, break down the door."

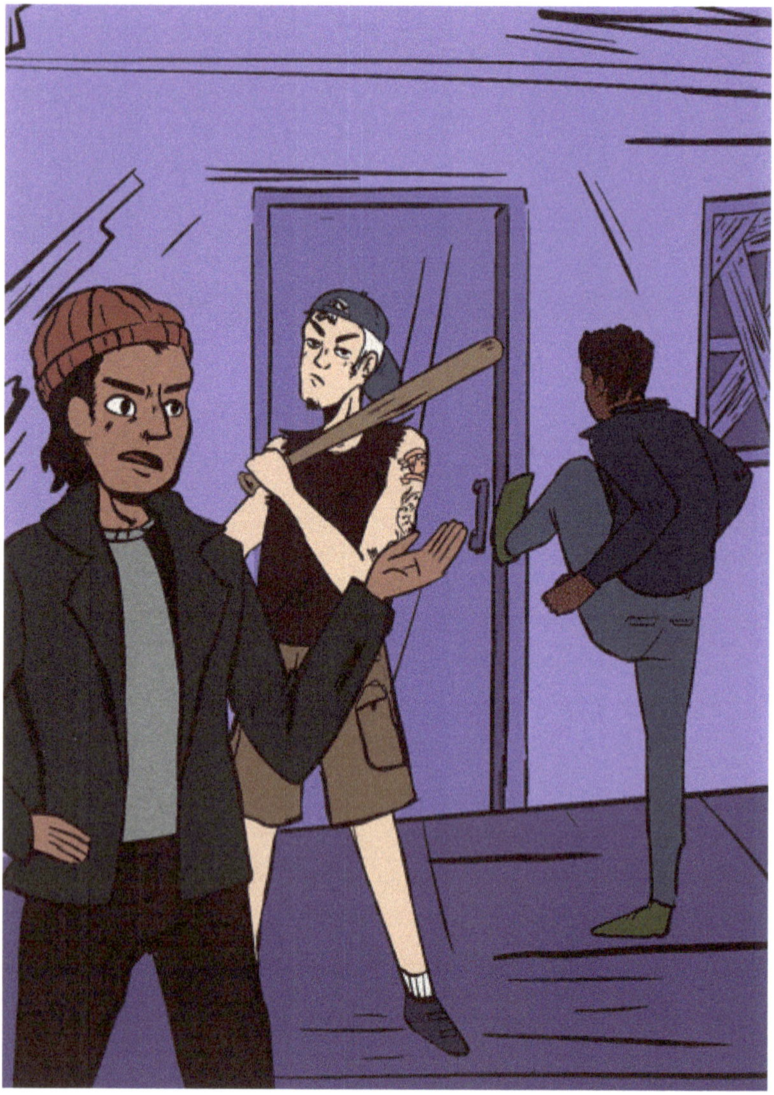

CHAPTER FOUR

One of the armed men kicked at the door. The lock held.

"You'll n**ee**d to do **bet**ter than that," sh**e** said.

The men all **start**ed **ham**mer**ing** on the door with their bats. How**ev**er, **Jaz**min had n**a**iled boards **a**cross the **in**side. Sh**e** had to work **quick**ly, but it was a good **e**nough job to k**ee**p them out.

Sn**i**de turned to his men in **dis**gust. "**I** thought yo**u** guys were **sup**p**o**sed to b**e** strong?" Mr. Sn**i**de said. "All right, g**o** in thro**u**gh the **win**d**o**w."

"They've **bar**ri**cad**ed the **win**d**o**ws too, boss!" They n**a**iled wood across them," one of the men called.

"**I** d**o**n't c**a**re what yo**u** have to do," Mr. Sn**i**de said. "Just get m**e** **in**side that **build**ing."

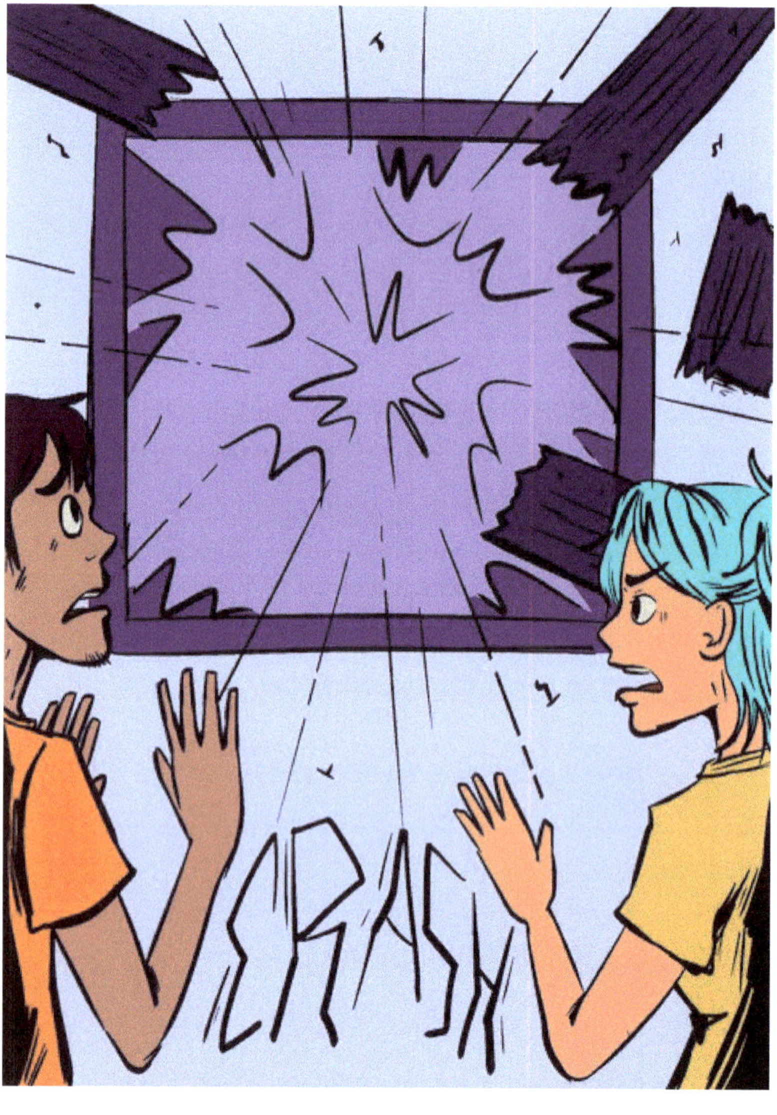
CRASH

CHAPTER FOUR

Jazmin frowned at the sound of **smash**ing glass, as the men **start**ed to bre**a**k in the **win**d**o**w.

"It took m**e** hours to put glass in th**o**se **win**d**o**ws," she t**o**ld Mr. Sn**i**de. "Yo**u**'re just **dam**ag**ing** your **o**wn **prop**er**ty**."

"It's m**i**ne and **I**'ll do what **I** want with it!" Mr. Sn**i**de yelled. "**I**'ll burn it down if **I** f**ee**l l**i**ke it!"

"H**e**'s **cra**zy," **Con**nor **whis**pered.

With the glass gone from the **win**d**o**w, one of the thugs **be**gan to knock out the **tim**bers **Jaz**min had fixed **a**cross the fr**a**me. Sh**e** tr**i**ed to **ham**mer the n**a**ils back in, but sh**e** heard **break**ing glass on the **ot**her s**i**de of the **build**ing.

"**I** can't h**o**ld them," sh**e** said. "Plan B, **eve**ry**one**!"

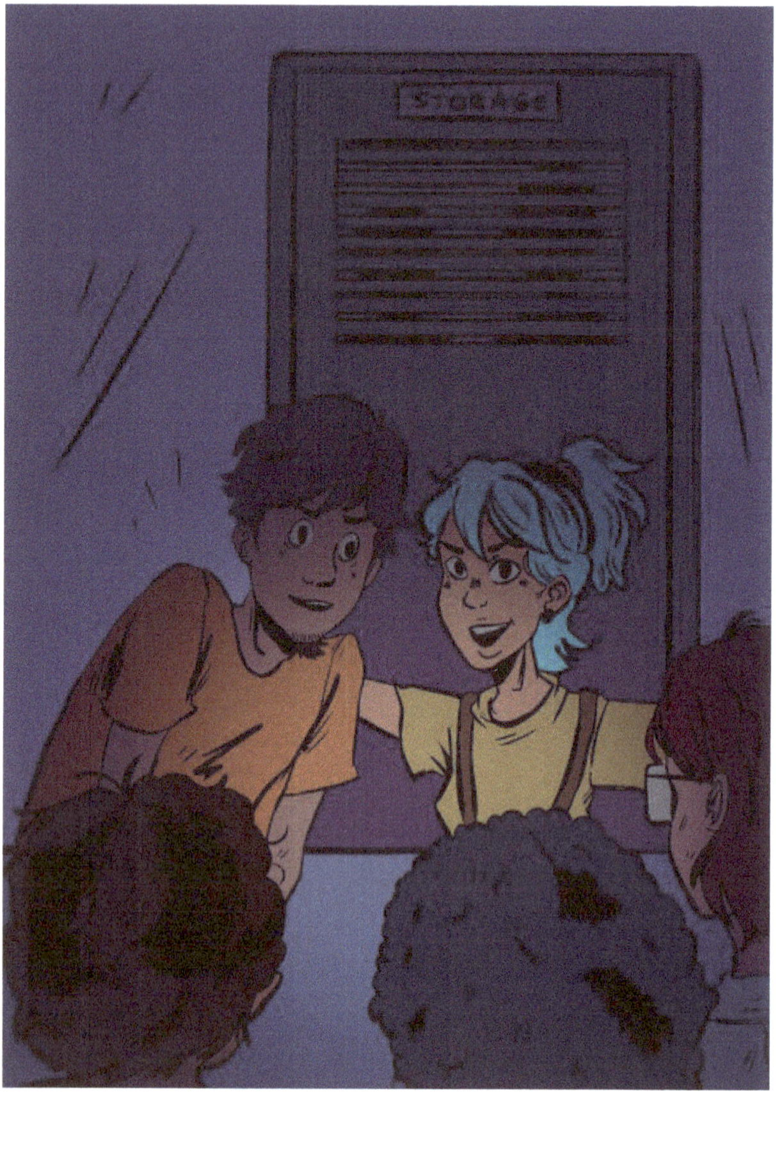
STORAGE

CHAPTER FOUR

The **home**less **peo**ple f**i**led **in**to the **store**room and locked the door. **Jaz**min looked round at the **oth**er **Fix**ers.

"**Read**y?" sh**e** said.

They **nod**ded.

"Let's g**o**," **Jaz**min said.

S**a**ge flicked a switch in the **cir**cuit **break**er box, and the wh**o**le pl**a**ce was plunged **in**to **dark**ness.

At the s**a**me **mo**ment the boards on the **win**d**o**w **clat**tered to the floor.

"**I** can't s**ee** **any**thing **in**s**i**de, boss."

"**Did**n't one of yo**u** bring a **flash**light?"

There was **si**lence **out**s**i**de.

"Just get in there," Mr. Sn**i**de said, "and kick th**o**se bums out. Do **what**ev**e**r yo**u** have to do."

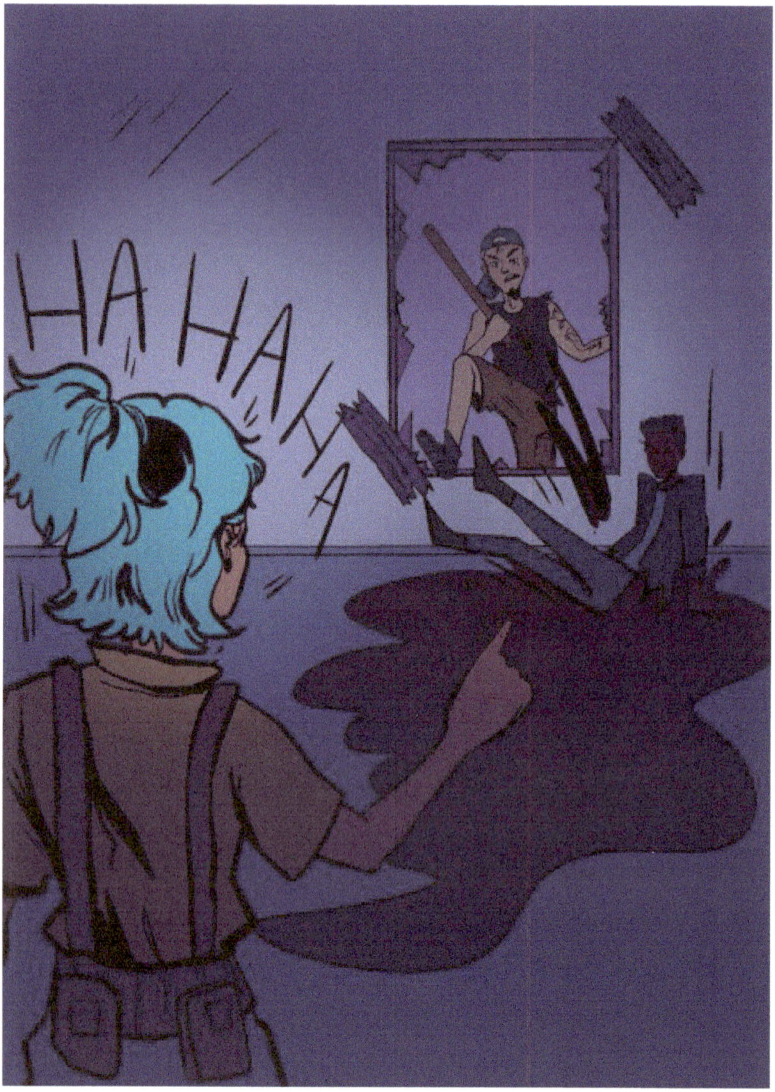
HAHAHAHA

CHAPTER FOUR

Jazmin **squat**ted, **try**ing to br_e_athe as **qui**etly as **pos**si**ble**. Sh_e_ **lis**tened to one of the men **climb**ing in thro_ug_h the **win**d_o_w...then laughed as h_e_ slipped and fell. The **mo**tor oil which **Con**nor had poured on the floor was **do**ing its job.

The guy got up, but **an**oth**er** one **climb**ing thro_ug_h the **win**d_o_w knocked **in**to him, and they b_o_th fell _o_ver.

"Watch it!" one said. "There's **some**thing **slip**pery h_e_re."

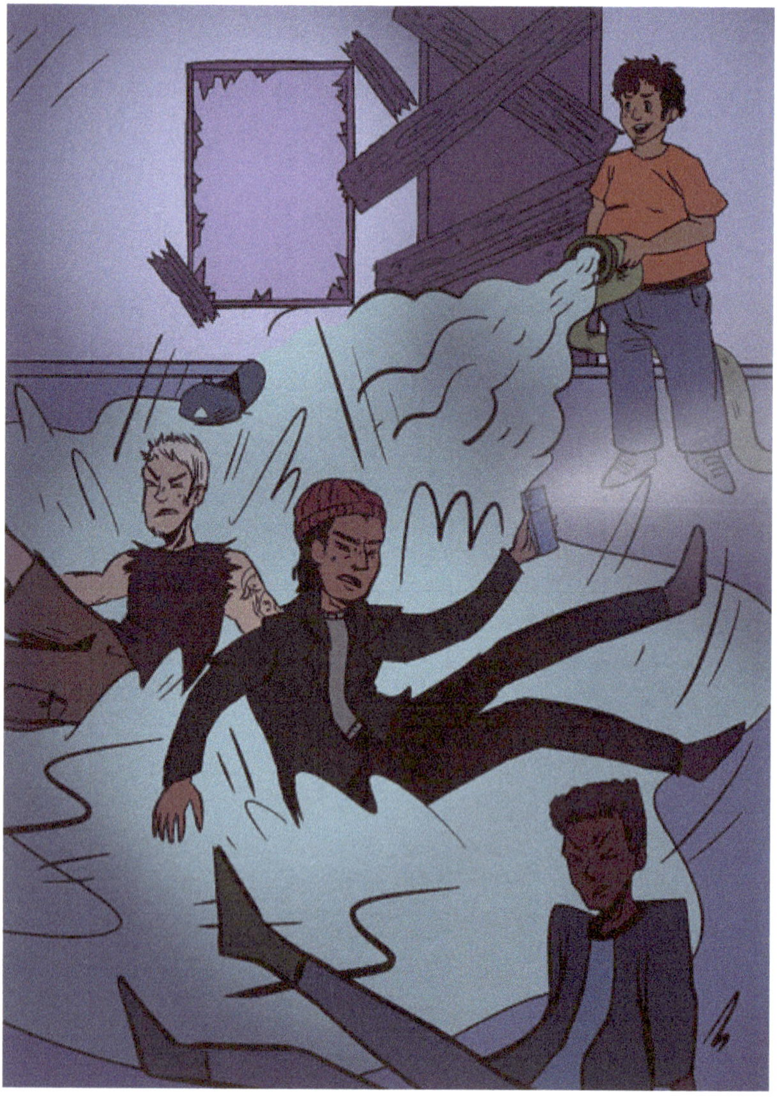

CHAPTER FOUR

Light **sud**den**ly** filled the room. One of the thugs had **re**mem**bered** that his ph*o*ne had a **flash**l*i*ght **set**ting.

"There they are!" h*e* **shout**ed.

The **Fix**ers tr*i*ed to **scat**ter out of the l*i*ght, but the thr*ee* men were on their f*ee*t, and **mov**ing **to**wards them.

"**Ro**ber**to**, now!" **Jaz**min called.

Rober**to** turned the **noz**zle on his h*o*se, and **wa**ter spr*a*yed at the men, **knock**ing them **back**ward. This pushed them **on**to the oil, and all thr*ee* slipped *o*ver.

BOSSGIRL

CHAPTER FOUR

"What are you **play**ing at?" Mr. Snide yelled. "**O**pen this door!"

One of the men crawled **o**ver to the **en**trance. While the **oth**er two **de**fend**ed** him, h**e** pr**i**ed the boards off, and wrenched the door **o**pen. Mr. Snide stood in the **door**w**ay**, **grin**ning in **tri**umph.

"Give m**e** a bat," h**e** said. "**I**'m **go**ing to **en**joy this."

H**e** took a **base**ball bat from one of the men, and walked **to**ward **Jaz**min.

"Yo**u**," h**e** said. "Yo**u** caused all this **trou**ble."

BOSSGIRL

CHAPTER FOUR

Jazmin crouched on the floor, but **Con**nor **ap**p<u>e</u>ared from the **shad**<u>o</u>ws and stood in front of her.

"L<u>e</u>ave her **al**<u>o</u>ne," h<u>e</u> said.

Mr. Sn<u>i</u>de r<u>ai</u>sed the bat. A br<u>i</u>ght l<u>i</u>ght in the **door**w<u>ay</u> **daz**zled **Jaz**min.

"Put down your **weap**ons! **Eve**ry**bod**y, hands on your heads! This is the **p**<u>o</u>lice!"

BOSSGIRL

CHAPTER FIVE

"You know what the **stupidest** thing is?" **Officer** Li said, as she **hand**cuffed Mr. Snide. "We've found **plac**es for all these **peo**ple to stay. If you'd just **wait**ed a few hours, you could have had your **build**ing back in good **cond**i**tion**. Now you're **look**ing at a crime that could land you in jail."

"The law should **pro**tect **prop**erty **own**ers like me," Mr. Snide com**pl**ained.

"Tell it to the judge," **Offic**er Li said. "**Jaz**min, I'd **sug**gest you and your friends get off home now. We'll sort things out here."

"Home! Oh, no!" **Jaz**min said.. "I told Gramps I'd be home in time for *Close the Deal*. He'll be **wor**ried."

Connor drove her back.

"I'll wait **out**side," he said. "Wave to me from the **win**dow if **eve**rything is **O**K."

"There's no need for that," **Jaz**min said, but she was **se**cretly **grate**ful.

BOSSGIRL

CHAPTER FIVE

And sh**e** was **e**ven more **grate**ful **Con**nor was **wait**ing when sh**e** got to her **a**part**ment** and saw that the door was **o**pen.

"Gramps?" sh**e** called from the hall, **ter**ri**fied** what she might s**ee** when sh**e** went **in**s**i**de.

"Your Gramps has gone out," Mrs. **Mc**Sw**een**y from next door said, **pok**ing her head out. "H**e** said h**e** was **go**ing **fish**ing."

"**Fish**ing? **O**h, Gramps!" **Jaz**min said.

Sh**e** was **al**read**y half**w**ay** to the **eleva**tor as Mrs. **Mc**Sw**een**y called out to her:

"Yo**u** n**ee**d to get some help, girl! That **o**ld man **is**n't ri**g**ht in the head!"

BOSSGIRL

CHAPTER FIVE

Connor had kept the **en**gine **run**ning. **Jaz**min jumped in the car.

"He's gone," she said. "How did you know?"

"Jaz, he's **get**ting worse," **Con**nor said. "**Eve**ry**one** can see it **ex**cept you."

"**Nev**er mind that now," she said. "Let's find him!"

"Where would he go?" **Con**nor asked, as they cruised the streets.

"I don't know," **Jaz**min said. "He thinks he's still **liv**ing out at the lake. He could be **anywhere**."

She called the **Fix**ers and asked them all to go out **look**ing. Then, **re**luctantly, she called **Of**ficer Li.

BOSSGIRL

CHAPTER FIVE

"Girl, you know there are more **peo**ple in this **cit**y than just you?" she said. "I have to look **af**ter them too."

Jazmin heard the **crack**le of her **ra**di**o be**hind her.

"Hold on, let me **lis**ten to this," **Of**ficer Li said.

After a **mo**ment, she was back on the phone.

"Sounds like we've found your **grand**father," she said. "He's climbed the **foun**tain in **Liber**ty Square."

"Don't do **anything** to him!" **Jaz**min **shout**ed. "I'll be there as soon as I can!"

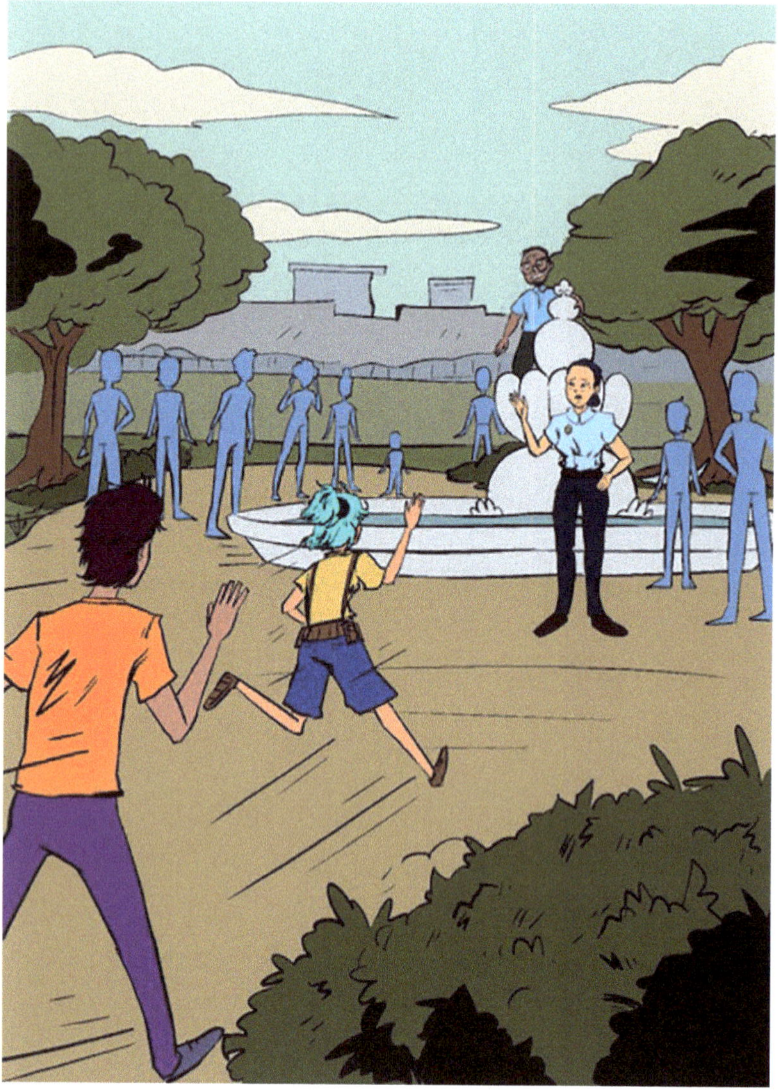

CHAPTER FIVE

She told Connor where to go. Connor drove her to Liberty Square, where a crowd had gathered. The police were keeping them back, but Officer Li saw Jazmin running up and waved her through.

"We've waited as long as we can," she said, "but if your grandfather doesn't come down, we'll have to do something. He might hurt himself, or someone else."

The fountain wasn't very big, but it was a long drop for an old man. Jazmin came as close as she dared.

"Gramps, please come down!" she begged.

Gramps gave her that distant look.

"Annie?" he said. "They've taken my boat. I don't know what..."

He looked around.

"Gramps, I'm Jazmin. Not Annie. Jazmin."

BOSSGIRL

CHAPTER FIVE

She felt **an**gry, th**ou**gh sh**e** knew it was **un**f**ai**r. **Did**n't Gramps love her **e**nough to **re**mem**ber** who sh**e** was? **Of**fi**cer** L**i** shook her head, and stepped **for**ward. In **des**per**a**tion, Jaz tr**ie**d one last thing.

"Gramps, w**e** n**ee**d to g**o** h**o**me—it's t**i**me for *Cl**o**se the D**ea**l*."

Something **flick**ered in his eyes. They **slow**ly **fo**cused on her.

"Jaz? Is that yo**u**?"

"Yes, Gramps. Come down. Pl**ea**se."

Connor helped him cl**i**mb down from the **foun**tain, and Jaz g**a**ve the **o**ld man a big hug.

BOSSGIRL

CHAPTER FIVE

They took him to the **hos**pital to m**a**ke sure h**e** was **O**K, and wh**i**le they **wait**ed, Mr. Marsh from the **El**der C**a**re **de**part**ment** c**a**me in.

"Miss **Nad**er, yo**u** kn**o**w this can't g**o** on. **I**'m **sor**ry to have to tell yo**u** this, but your **grand**father has **de**men**tia**. It will just get **hard**er and **hard**er for him to **re**mem**ber** things."

"We're f**i**ne!" **Jaz**min snapped, but **Con**nor took her hand.

"Jaz," h**e** said, "you're **al**w**a**ys **try**ing to fix things, **al**w**a**ys **help**ing **oth**er **peo**ple. But yo**u** can't fix **eve**ry**thing**, and yo**u** can't fix this. This t**i**me, yo**u**'ve got to let **some**one else help yo**u**. Just for a wh**i**le, stop **be**ing **Boss**girl, **O**K?"

Jazmin s**i**ghed.

"**O**K, you're r**i**ght. Mr. Marsh, **I**'ll call yo**u** in the **morn**ing. **O**K?"

"Good," Mr. Marsh said. "We'll get yo**u** some **sup**port s**o** yo**u** can b**o**th st**a**y **to**geth**er** in your **a**part**ment**. And look, h**e**re's your **grand**father."

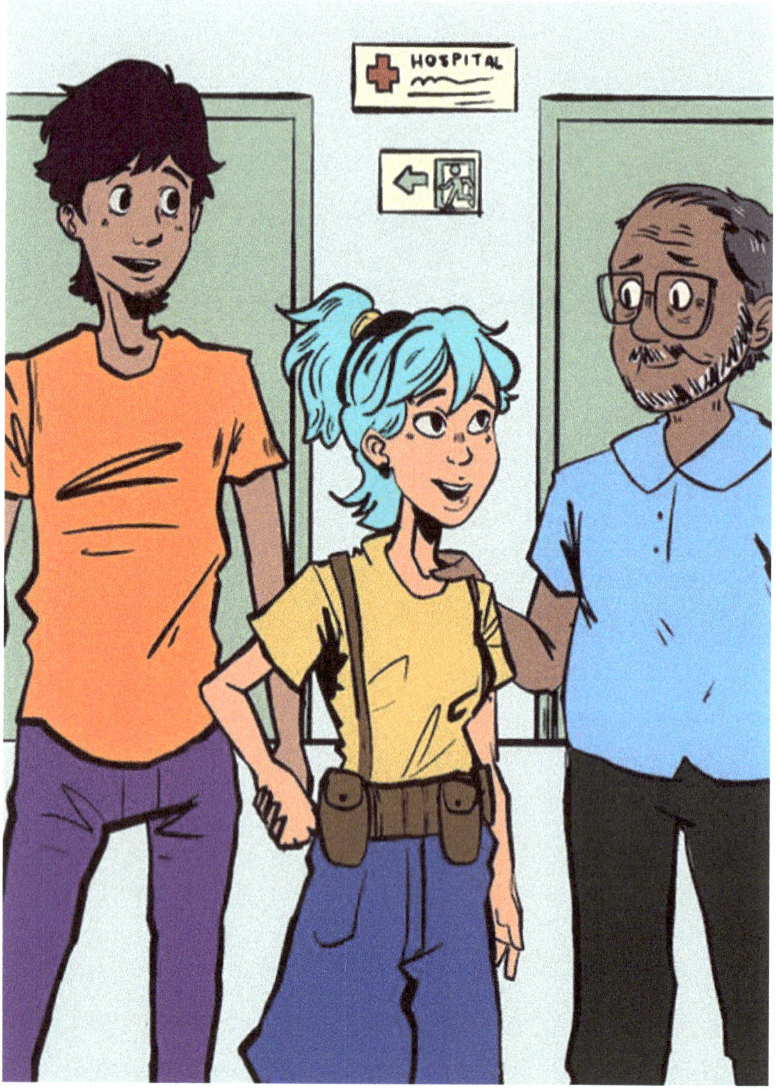
HOSPITAL

CHAPTER FIVE

Gramps looked **em**b**a**r**rassed**.

"**Sor**ry **a**bout all the fuss," h**e** said. "And w**e**'ve missed *Cl**o**se the D**ea**l*."

"D**o**n't **wor**ry," sh**e** said. "W**e** can watch an **o**ld **epis**o**de** on**li**ne."

Gramps **no**ticed **Con**nor was still **hold**ing **Jaz**min's hand.

"Is h**e** your young man?" h**e** asked, eyes **twin**kling.

Jazmin snatched her hand back.

"N**o**, h**e**'s just **help**ing out."

Connor sm**i**led.

"That's what friends are for," h**e** said.

Sound Key

How Noah Text® Works

Noah Text® allows readers to see sound-parts within words, providing a way for struggling readers to decode and enunciate words that are difficult to access. In turn, their improvement in reading accuracy and fluency frees up cognitive resources that they can devote to comprehending the meaning of the text, enabling them to truly enjoy reading while building their reading skills.

Syllables

A *syllable* is a unit of pronunciation with only one vowel sound, with or without surrounding consonants. Syllables line up with the way we speak and are an integrated unit of speech and hearing. Teachers often clap out syllables with their students.

Noah Text® acts upon words with more than one syllable. In a multiple-syllable word, the presentation of each syllable alternates bold, not bold, bold, etc. For example, the word "syllable" would be presented as "**syl**la**ble**," while the word "sound" is not changed at all.

Vowels

A *long vowel* is a vowel that pronounces its own letter name. Here are some examples of underlined long vowels you will find in Noah Text®, along with syllable breaks that are made obvious:

Long (a)

pl**a**te, p**ai**n, **hesit*a*te**, **n*a*tion**
h**ai**r, r**a**re, **p*a*rent**, **l*i*brary**
p**a**le, f**ai**l, **d*e*tail**
tr**ay**, **al**w**a**ys

Long (e)

f**ee**t, t**ea**ch, **compl*e*te**
f**ee**l, d**ea**l, **app*ea*l**
ear, f**e**ar, h**e**re, **disapp*ea*r**, **sev*e*re**

Long (i)

tr**i**be, l**i**ke, n**i**ght, **h*igh*light**
f**i**re, **adm*i*re**, **r*e*quire**
m**i**le, p**i**le, **awh*i*le**, **rept*i*le**

Long (o)

gl**o**be, n**o**se, **supp*o*se**, **r*e*mote**
c**o**ach, wh**o**le, c**o**al, g**o**al, **appr*o*ach**
m**o**w, bl**o**wn, **wind*o*w**

Long (u)

h<u>u</u>ge, m<u>u</u>le, **f<u>u</u>**el, **per**f<u>u</u>me, **a**m<u>u</u>se

h<u>ue</u>, **ar**g<u>ue</u>, **tis**s<u>ue</u>, bl<u>ue</u>, **poll<u>u</u>tion**

Disclaimer: As noted in the research provided at <u>noahtext.com</u>, the English writing system is extremely complex. Thus, the process of segmenting syllables, identifying rime patterns, and highlighting long vowels, is not only tedious but ambiguous at times based on the pronunciation of various regional dialects, the complexity of English orthography, and other articulatory considerations. Noah Text® strives to be as accurate as possible in developing clear, concise modified text that will assist readers; however, it cannot guarantee universal agreement on how all words are pronounced.

Milton Keynes UK
Ingram Content Group UK Ltd.
UKHW050149180824
447047UK00019B/203